AF313160

8 Novembre 1907

marqué P

VENTE
du Vendredi 8 Novembre 1907
Hôtel Drouot, Salle n° 10

TABLEAUX

ANCIENS ET MODERNES

de diverses Écoles

DESSINS

Aquarelles, Gouaches

GRAVURES

1907

Commissaire-Priseur :
Mᵉ André COUTURIER
Expert
M. Paul ROBLIN

CATALOGUE

DE

TABLEAUX

de diverses Ecoles

Par ou attribués à Brest, Brissot, Challe, Fragonard,
Géricault, Granet, Guérin,
Hondecoeter, Loubon, Pater, Taunay, Terburg, Vallin,
O. Wœnius, Watteau de Lille, Wouvermans, etc.

DESSINS

ANCIENS ET MODERNES

GOUACHES ATTRIBUÉES à MONGIN
AQUARELLES,
GRAVURES ENCADRÉES

DONT LA VENTE AUX ENCHÈRES PUBLIQUES AURA LIEU

Hôtel des Commissaires-Priseurs, rue Drouot, n° 9

Salle n° 10

Le Vendredi 8 Novembre 1907, à deux heures.

Commissaire-Priseur :	Expert :
M° André COUTURIER	M. Paul ROBLIN
56, Rue de la Victoire, 56	65, Rue St-Lazare, 65

EXPOSITION PUBLIQUE

Le Jeudi 7 Novembre 1907 de une heure et demie à six heures.

CONDITIONS DE LA VENTE

Elle sera faite au comptant.

Les Adjudicataires paieront *dix pour cent* en sus des enchères.

L'Exposition mettant le public à même de se rendre compte de l'état et de la nature des pièces, aucune réclamation ne sera admise une fois l'adjudication prononcée.

Ordre de la Vacation :

Gravures.	N°s 1 à 15
Dessins, Gouaches, etc.	N°s 16 à 88
Tableaux	N°s 89 à 121

Gravures encadrées

CHALLE (d'après M. A.)

1. Jupiter et Léda, par J.-B. Tilliard, in-fol.

    Très belle épreuve. Marges.

CHARLET

2. Le Grenadier de Waterloo. (De la C. 38 R.).

    Très belle épreuve. Grandes marges.

DENON (Vivant)

3. L'Adoration des Bergers, d'après Lucas Giordano.

    Belle épreuve.

DESRAIS (d'après)

4. Bataille de Waterloo.

    Epreuve en couleurs. Sans marges.

ECOLE ANGLAISE

5. Sujets Mythologiques. Deux pièces ovales,
    imprimées en couleurs.

    Sans marges.

FRAGONARD et Mlle GÉRARD (d'après)

6. L'Elève Intéressante. — Le Triomphe de Mi-
    nette. Deux pièces in-fol., par Vidal.

7. Le Triomphe de Minette, par Vidal.

    Belle épreuve.

HERSENT (d'après)

8. Daphnis et Chloé, par Gelée. In-fol.

    Très belle épreuve avant la lettre.

INGRES (d'après)

9. Portrait d'homme en pied. Eau-forte in-4.

    Belle épreuve.

MIGNARD (d'après)

10. Sainte Cécile, par Ulmer. In-fol.

    Belle épreuve.

MORLAND (d'après G.)

11. Intérieur d'Ecurie et pendant. Deux pièces in-fol. en largeur.

> Très belles épreuves en couleurs. Sans marges.

SPORTS (Pièces sur les)

12. Pulling up to un-Skid, par J. Harris, d'après C. Henderson. *Fores's coaching recollections.* In-fol. en larg.

> Très belle épreuve en couleurs. Grandes marges.

13. Poulin-colt. — Sir David by Trumpator. — Morel by sorcerer. — Pope by Whiskey. — Plover by sir Peter. — Juniper by Whiskey. — Suite de six pièces in-fol. en larg. Lithogra-phiées par A. Dubost, d'après les tableaux peints à Newmarket en 1809.

> Très belles épreuves coloriées. Grandes marges.

14. Saint-Alban grand Steeple chase. Suite de quatre pièces petit in-fol. en larg.

> Belles épreuves en couleur. Grandes marges.

VERNET (d'après J.)

15. Le Choix du Poisson, par Le Gouaz.

> Epreuve avec marges.

DESSINS

AQUARELLES, GOUACHES

ANONYME

16. Armoiries de la Reine Marie-Antoinette.

> Aquarelle.

> (H. 0.10. L. 0,08 1/2).

17. Trois petits sujets d'illustration pour les œuvres
de Pétrarque et autres ouvrages des XVIe et
XVIIe siècles.

> Plume et encre de Chine.

BAROCHE

18. Tête d'homme renversée.

> Sanguine.

> (H. 0.17. L. 0,16).

BAZIN (XVIIIᵉ siècle)

19. Projets pour la Construction d'une église.

> Plume et lavis d'encre de Chine. Signé Bazin fecit.

> (H. 0,35. L. 0,23 1/2).

BOISSIEU (attribué à J.-J. de)

20. Portrait de l'abbé Aubert.

Lavis d'encre de Chine rehaussé de gouache.

(H. 0.23. L. 0.15 1/2)

BOSIO (D.)

21. Les Apprêts pour le bal masqué.

Plume et lavis de sépia.

(H. 0.17. L. 0.23).

BOUCHER (François)

22. Femme couchée et Amour.

Belle étude à la sanguine.

(H. 0.21. L. 0.26).

BOUCHER (d'après Fr.)

23. Vénus et l'Amour.

Plume, lavis et sanguine.

(H. 0.18. L. 0.13).

BOUCHER (Ecole de Fr.)

24. Amour vu de dos.

Lavis de sépia.

(H. 0.15 1/2. L. 0.11 1/2).

BOUCHER (Ecole de)

25. Feuille d'étude : Femmes et Enfant endormi.

Pierre noire.

(H. 0.30. L. 0.35 1/2).

BOUDIN (E.)

26. Sur la Plage.

Aquarelle signée et datée *Trouville 1866*.

(H. 0.14 1/2. L. 0.25 1/2).

27. Sur la Plage.

Aquarelle signée et datée *Trouville 1869*.

(H. 0.15. L. 0.25)

28. Les Bords de l'Escaut.

Aquarelle signée et datée *Anvers 70*.

(H. 0.13. L. 0.19 1/2).

29. Barques sur l'Escaut.

Aquarelle signée et datée *Anvers 1870*.

(H. 0.18 1/2. L. 0.28 1/2).

30. Voilier et barques de pêche.

Crayon noir et sépia. *Le Havre. Signé*.

(H. 0.16. L. 0.22).

BOUDIN (E.)

31.   Barques échouées. Deux dessins.

   Pierre noire. Signés.

(H. 0.11 1/2. L. 0.16 1/2).

CARESME (Ph.)

32.   Bacchanale.

   Plume.

(H. 0.15. L. 0.23).

CHARDIN (Ecole de)

33.   Femme en pied.

   Lavis d'encre de Chine.

(H. 0.30. L. 0.15).

CHOFFARD (P.-P.)

34.   Un Aigle tenant dans ses serres la hampe d'un drapeau où on lit le nom de Charles Aéronaute.

   Plume et lavis d'encre de Chine.

(H. 0.15. L. 0.19).

CLÉRISSEAU

35.   Ruines romaines. Deux pendants.

   Aquarelles signées.

(H. 0.45. L. 0.62)

DECAMPS (attribué à Al.-Gabriel)

36.   Charrette à l'entrée d'une grange.

Pierre noire.

(H. 0.19. L. 0.27).

DESRAIS (Cl.-L.)

37.   Costume de femme vu de dos.

Plume.

(H. 0.17. L. 0.10).

DUPONT (Bensa)

38.   Le Menuet.

Aquarelle signée.

(H. 0.29. L. 0.21).

ECOLE ANGLAISE

39. Jeune Femme et Enfant.

Pastel.

(H. 0.44. L. 0.35)

ECOLE FRANÇAISE (XVIIIe siècle)

40.   Portrait de l'acteur Dugazon.

Sanguine.

(H. 0.11. L. 0.06).

ECOLE FRANÇAISE (XVIIIe siècle)

41. **Portrait de Claude Bourru.**

> Crayon noir. Signé, A.A. B^y. 1792.
>
> (H. 0.18. L. 0.12).

42. **La Jeune tambourinaire.**

> Crayon noir rehaussé de blanc sur papier bleu.
>
> (H. 0.13. L. 0.11 1/2).

43. **Portrait de Louis XVI, représenté en pied, en grand costume de cour.**

> Aquarelle.
>
> (H. 0.21 1/2. L. 0.15 1/2).

44. **Etude de mains.**

> Sanguine. Cadre ancien en bois sculpté et doré de l'époque de Louis XVI.
>
> (H. 0.09. L. 0.11).

ECOLE FRANÇAISE

45. **Allégorie Révolutionnaire.**

> Gouache sur fond noir.
>
> (H. 0.53. L. 0.39).

46. **Paysage avec tour, embarcation et personnages.**

> Gouache.
>
> (H. 0.24. L. 0.31).

ECOLE FRANÇAISE

47. La Paysanne séduite. — Le Retour au village ;
deux pendants.

Plume et lavis.

(H. 0.19. L. 0.28).

ECOLE HOLLANDAISE (XVIII' siècle).

48. Etude d'arbres.

Plume.

(H. 0.27. L. 0.19).

49. Scène mythologique.

Gouache pour éventail, cadre en bois sculpté.

(H. 0.22. L. 0.41).

ECOLE DE 1830

50. Convoi de militaires blessés.

Aquarelle.

(H. 0.42. L. 0.58).

51. Hôtel Violet, à Paris.

Aquarelle.

(H. 0.17 1/2. L. 0.27).

52. Intérieur de cloître.

Sépia.

(H. 0.36. L. 0.47).

ECOLE DE 1830

53. Paysage.

Sépia.

(H. 0.10. L. 0.07).

54. Bouquet d'arbres en forêt.

Aquarelle. Initiales P. B.

(H. 0.16. L. 0.18).

FORT (Théodore)

55. Mise en batterie.

Crayon noir et aquarelle.

(H. 0.12. L. 0.30).

56. Mousquetaires escortant un carrosse.

Aquarelle signée.

(H. 0.13. L. 0.12).

FRAGONARD (attribué à Honoré)

57. Paysage d'Italie avec pont et temple.

Vigoureux dessin, très largement traité, au lavis de pinceau.

(H. 0.41. L. 0.35).

GIACOMELLI (Hector)

58. Paysages et sujets d'oiseaux. Six dessins.

Plume et lavis rehaussés de gouache. Un est signé des initiales.

GOUBAULT (J.)

59. Le Duc de Reischtadt sur son lit de mort.

Crayon noir signé et daté 1832.

(H. 0.19, L. 0.26).

JEAURAT (Edme)

60. Femme assise et études de mains.

Pierre noire et sanguine.

(H. 0.46, L. 0.29).

JOHANNOT (Alfred)

61. L'Antiquaire, Rob-Roy. Deux compositions
pour les Œuvres de Walter Scott.

Aquarelles.

(H. 0.10 1/2, L. 0.8).

LAUNAY (Nic. de)

62. Portrait présumé de Madame Jombert, femme
du libraire, vers 1775.

Mine de plomb, légèrement rehaussé de sanguine. Signé *Delaunay fecit*. Cadre en bois sculpté
et doré de style Louis XVI.

(Diam. 0.11 1/2).

LANCRET (Nicolas)

63. Gentilhomme debout, se dirigeant vers la
gauche.

A la pierre noire rehaussée de craie sur papier
bleu.
Collection Calando.

(H. 0.29, L. 0.17).

LE PETIT (Alfred)

64. **Affiche pour les Folies-Bergère.**

Plume. Signé *Alfred Le Petit*, nov. 1888.

(H. 0.36. L. 0.28).

MONGIN (attribué à)

65. **Paysage sous bois animé de figures et d'animaux.**

Gouache.

(H. 0.47. L. 0.71).

66. **Le Jardin des Tuileries.**

Importante gouache.

(H. 0.48. L. 0.71).

MONSIAU (N. C.)

67. **Portrait de Vincent, peintre d'histoire.**

Crayon noir. Signé *Monsiau del*".

(H. 0.15. L. 0.12).

PATER (Jean-Baptiste)

68. **Etude de deux hommes en pied.**

Sanguine. Au verso trois croquis de musiciens.

(H. 0.20 t1/2. L. 0.26 1/2).

PICARD (Bernard)

69. **Nain et Géant.**

Plume et lavis d'encre de Chine.

(H. 0.15. L. 0.18).

PIERDON (F.)

70. **Paysage.**

Fusain signé.

(H. 0.29. L. 0.22).

PRUD'HON (P.-P.)

71. **Etude pour la Justice divine poursuivant le crime.**

Pierre noire rehaussée de blanc.

(H. 0.44. L. 0.58).

ROBERT (Hubert)

72. **Famille de Pêcheurs.**

Plume.

(H. 0.15. L. 0.18).

73. **Monuments et colonnades formant hémicycle.**

Traits de plume, avec croquis au verso.

(H. 0.16. L. 0.22 1/2).

ROME (Aimé)

74. Portrait du Général Faidherbe.

Mine de plomb. Signé *Aimé Rome*.

(H. 0.29. L. 0.20).

75. Portrait de J. Massenet, compositeur.

Mine de plomb. Signé *Aimé Rome*.

(H. 0.22. L. 0.18).

76. **Portrait de Casimir Périer, Président de la République.**

Mine de plomb. Signé.

(H. 0.28. L. 0.20).

77. **Sa Majesté la Reine des Hellènes.**

Crayon noir rehaussé. Signé.

(H. 0.28. L. 0.23).

SOMM (Henry)

78. Parisiennes. Trois dessins.

Crayon noir rehaussé.

SOULES (Eugène)

79. Rivière traversant une ville de Normandie.

Aquarelle signée.

(H. 0.20. L. 0.28).

TOUZÉ

8o.   Le Juge de Mesle. Sujet pour les Contes de
      Lafontaine.

> Plume, A été gravé pour l'édition des Contes,
> Edition Didot 1795. Cadre en bois sculpté et doré.

> (H. 0.19. L. 0.14).

VELADE

81.   Portrait de François Rivard, ancien professeur
      de Philosophie au collège de Beauvais, né à
      Châteauneuf, en Lorraine.

> Important dessin au crayon noir rehaussé de cou-
> leurs. A été gravé par Aubert.

> (H. 0 43. L. 0.35).

WATTEAU (Ant.)

82.   Etudes de soldats et de baigneuses. Sept
      croquis.

> A la sanguine.

WATTEAU (genre de A.)

83.   Feuille d'étude : Gentilhomme à genoux. Tête
      et bas de jupe.

> Sanguine.

> (H. 0.30. L. 0.23).

84.   Feuille d'études : Femme assise. Jambes et
      têtes d'expressions.

> Pierre noire et sanguine.

> (H. 0.30. L. 0.23).

WATTEAU (Ecole de Ant.)

85. Feuille d'études : Joueur de cornemuse et
     Etude de têtes.

Sanguine.

(H. 0.12. L. 0.15 1/2).

WATTEAU (Louis-François)

86. Jeune Femme étendue sur un lit de repos.

Crayon noir. Cachet de collection.

(H 0.11 L. 0.21).

WEIROTTER (Fr.-Ed.)

87. Cabanes rustiques.

Pierre noire et lavis de sépia.

(H. 0.29. L. 0.45).

88. Marine d'après Vernet. Tricoteuse. Portrait
     de Philippe II. Jeune femme tenant un
     brûle-parfum. Quatre pièces.

TABLEAUX

BOILLY (Louis)

89. **Femme et Enfant à genoux.**

> Belle esquisse.
>
> Toile (H. 0.31. L. 0.22).

BREST (Fabius)

90. **Les Petits Dénicheurs.**

> Signé.
>
> Toile (H. 0.64. L. 0.53)

BRISSOT (F.)

91. **Paysage.**

> Signé.
>
> Toile (H. 0.27. L. 0.34).

CHALLE (attribué à)

92. **Danaë.**

> Bois (H. 0.18. L. 0.23).

ECOLE FRANÇAISE (XVIII' siècle)

93. Portrait de fillette, écharpe bleue et plume dans la coiffure.

Toile (H. o.3o. L. o.27).

94. Portrait de femme en buste, chevelure bouclée et écharpe blanche.

Toile ovale (H. o.55. L. o.45).

95. Portrait de femme en buste, un ruban rose dans la chevelure.

Toile ovale (H. o.54. L. o.45).

96. Jeune fille pêchant.

Toile (H. o.40. L. o.32).

97. Bonaparte premier Consul.

Toile (H. o.58. L. o.49).

ECOLE FRANÇAISE

98. Fleurs et Fruits. Deux compositions ovales faisant pendants.

Toiles (H. o.55. L. o.45).

ECOLE HOLLANDAISE

99. Paysage accidenté avec chaumière et personnages.

Signé de l'initiale R.

Bois (H. 0.29. L. 0.36).

100. Pêcheurs au bord de la mer.

Toile (H. 0.32. L. 0.48).

ECOLE ITALIENNE (XVIᵉ siècle)

101. La Vierge et l'Enfant Jésus entourés de plusieurs Saints.

Panneau (H. 0.50. L. 0.35).

102. La Vierge et l'Enfant Jésus.

Panneau (H. 0.30. L. 0.19).

ECOLE ITALIENNE (XVIIIᵉ siècle)

103. Portrait de femme.

Toile (H. 0.68. L. 0.54).

104. La Vierge et l'Enfant Jésus.

Toile (H. 0 73 L. 0.60).

ECOLE DE 1830

405 105. Scène de la Révolution Française de 1789
dans les caves des Tuileries.

Toile (H. 0.50. L 0.62).

ECOLE MODERNE

106. Chanteuse de café-concert.
Au dos, cachet de la vente Eug. Delacroix.

Panneau (H. 0.22. L 0,15).

FRAGONARD (Ecole de H.)

107. Bergère assise, tenant un rateau.

Toile (H. 0.44. L. 0.36).

GERICAULT (attribué à Th.)

108. Léda.

Toile (H. 0.18. L. 0.24).

GRANET (d'Aix)

109. Halte au Regard (paysage).

Toile (H. 0.35. L. 0.25).

GUÉRIN (Pierre)

110. Portrait du roi Louis XVIII.

Signé *P. Guérin.*

Toile (H. 0 64. L. 0.54).

HENRION

111. **Vues de Suisse. Deux pendants.**

Toiles (H. 0.72. L. 0.90).

HONDECOETER (attribué à M. d')

112. **Combat de coqs.**

Bois (H. 0.88. L 1.08).

LOUBON (C.)

113. **Cabane au bord de la mer.**

Signé.

Toile (H. 0.51. L. 0.32).

114. **Florence.**

Signé avec dédicace.

Bois (H. 0.25. L. 0.36).

PATER (Ecole de Jean-Baptiste)

115. **Assemblée galante.**

Toile (H. 0.23. L. 0.31).

TAUNAY

116. **Capucin prêchant devant une foule de paysans.**

Petite peinture ronde.

(Diam. 0.10 1/2).

TERBURG (attribué à)

117. Scène d'intérieur : Dame tenant une lettre et
musicien tenant un verre.

Cadre ébène et palissandre.

Bois (H. 0.38. L. 0.32).

VALLIN

118. Bergère et moutons.

Signé *Vallin*, 1792.

Bois (H. 0.25. L, 0.33).

VŒNIUS (attribué à Otto)

119. La Sainte Trinité.

Cuivre (H. 0.21. L. 0.16).

WATTEAU DE LILLE (attribué à)

120. La Séparation ; armée en marche dans le
lointain.

Bois (H. 0.21. L. 0.33).

WOUVERMANS (Ecole de)

121. Halte de cavaliers.

Toile (H. 0.18. L. 0.14 1/2).

GRANDE IMPRIMERIE DU CENTRE. — HERBIN, MONTLUÇON

www.ingramcontent.com/pod-product-compliance
Ingram Content Group UK Ltd.
Pitfield, Milton Keynes, MK11 3LW, UK
UKHW022318170726
13837UKWH00005BA/2063